TRE RACCONTI

矮人星上的矮人

意

翁贝托·埃科

著

欧金尼奥·卡尔米

绘

王建全

译

上海译文出版社

目　录

炸弹和将军

从前

有一个原子

从前

有一个坏将军

他的军服上挂满象征军衔的饰带

世界充满了原子

一切都是由原子构成的
原子非常微小
它们结合在一起
就组成了分子
而分子结合在一起
就形成了我们所知道的一切

妈妈是由原子构成的
牛奶是由原子构成的
女人是由原子构成的
空气是由原子构成的
火是由原子构成的
我们所有的人都是由原子构成的

当原子们

和谐地待在一起的时候

一切都很完美

生命就是基于这种完美

但当原子被分裂……

原子的各个部分就会去攻击别的原子

那些原子又再去攻击其他原子

如此下去……

会发生可怕的大爆炸！

这就是原子的死亡

继续说我们的故事

我们的原子非常伤心

因为它被放到了

一颗原子弹里面

它和其他原子一起

等待着

投掷炸弹的那一天

那时候,它们会粉身碎骨

并摧毁一切

现在我们应该知道

世界上也有很多

将军

他们一辈子都在积攒炸弹

我们的这位将军

在他的阁楼里堆满了炸弹

“当我的炸弹足够多的时候，”

他说，

“我就会发动一场大规模的战争！”

说完，他大笑起来

每天

将军都爬上阁楼

在里面存放一颗新的炸弹

“当阁楼存满的时候，”

他说，

“我就会发动一场大规模的战争！”

身边放着这么多的炸弹

人怎么可能不变坏呢？

ha ha !

被关在炸弹里的原子们

非常难过

正是由于它们

一场浩劫将会降临

许多孩子会死去

还有许多妈妈

许多小猫

许多小羊

许多小鸟

总之,所有的一切

整个国家都会被摧毁

那曾经处处可见的白色小房子

它们那红色的屋顶

以及旁边绿色的树木……

……除了一个黑洞

什么都不会剩下

所以

它们决定背叛将军

一天夜里

它们悄无声息地

爬出了炸弹

藏到了地窖里面

第二天早上

将军带着几位先生走进阁楼

这些先生说：

“为了这些炸弹，

我们花费了很多金钱。

现在您就让它们在这里发霉吗？

您到底在忙些什么啊，将军？”

“说得对，”

将军回答说，

“确实应该开始这场战争了。

否则我永远也得不到提拔。”

他宣战了

一场原子战争即将开始

消息传开后

人们惊慌失措：

“哦，我们真不应该允许这些将军制造炸弹！”

他们说。

但已经太晚了

所有人都从都市逃离了

但是能逃到什么地方去呢？

与此同时

将军把他的炸弹装上了飞机

他要把炸弹一颗一颗地投到

每一座城市的上空

可是

当炸弹落下来

根本没有爆炸

它们里面空空如也!

为躲开危险而欣喜的人们

(对此他们简直难以置信!)

把炸弹捡回来做成了花瓶

就这样,大家都意识到

没有了炸弹的生活会更加美好

于是他们决定

不再进行战争

母亲们尤其高兴

父亲们也是如此

应该说,所有人都非常高兴

将军呢?
现在已经不再有战争了
他被解雇了

为了让他挂满饰带的军服派上用场
他当上了一家宾馆的门卫
由于现在大家都生活在和平之中
宾馆里住进了很多游客
甚至包括曾经的敌人
甚至还包括
将军曾经冷酷指挥过的士兵们

当人们进出宾馆的时候
将军打开玻璃大门
笨拙地鞠躬行礼
说:“先生,您好。”
而这些人认出将军之后
便沉着脸对他说:
“真是恬不知耻!
这家宾馆的服务实在是太差了!”

Hotel
Echelle de
1 2 3 4 5 6 7 8 9 20

将军

脸涨得通红

一言不发

因为他已经无足轻重了

三名宇航员

从前,宇宙里有地球

从前,宇宙里有火星

它们在天空里
彼此距离遥远
在它们周围
有百万颗行星和百万个星系

Polo Nord
Unione d. Rep. Sovietiche
Mongolia
Domin. Cinese
Tibet
India
Libia
Africa Occid. Franc.
Etiopia
Madagascar
OCEANO INDIANO
Australia
Tasmania
Equatore
Tropico d. Capricorno
Circolo Polare Antartico
ANTARTIDE
Polo Sud

地球上的人
想要到火星和其他星球上去
但太远了！

总之，他们做了很多努力
开始的时候发射了很多卫星
它们围绕地球转了两天
又返了回来

之后，他们又发射了几发火箭
它们也会围着地球转几圈
但却不会返回
而是脱离地球的引力
飞往无尽的宇宙空间

最初，人们在火箭里面放几只小狗

但小狗不会说话

通过无线电只能传来“汪汪”的叫声

人们无法知道它们到底到达了什么地方

看到了什么

BIOSATELLITE

最后，人们挑选了几名勇士
让他们当宇航员

之所以称他们为宇航员
因为他们是去探索整个宇宙
也就是那充满行星和星系
以及包含星系里所有一切的没有穷尽的空间

宇航员出发了，不知道能不能回来
他们要征服天空中的星星
让人们有朝一日能够从一个星球
到另外一个星球旅行
因为地球已经变得过度拥挤
人口每天都在增长

一个晴朗的早晨，他们出发离开地球
从三个不同的地方，乘坐三发不同的火箭

第一发火箭里是一个美国人
他用口哨愉快地吹着一首爵士小调

第二发火箭里是一个俄罗斯人
他用深沉的嗓音唱着“伏尔加河，伏尔加河”

第三发火箭里是一个中国人
他唱着一首优美的歌曲
但另外两个人听来都觉得跑调了

PEPPERMINT
FLAVOR
Chiclets
ADAMS
CHEWING GUM
PEPPERMINT
HOLLYWOOD
SUPER 60
Газета основана
5 мая 1912 года
В. И. ЛЕНИНЫМ
ПРИЗ
к 70-летик
социали
1. Да здравствует 70-летие Великой Октя
2. Слава Великому Октябрю,
3. Пусть живет в веках имя
Ильича Ленина!
4. Честь и слава ветерана
5. Вечная память
N. Caledonia
Gilbert
Samoa
Cook
Marchesi
N. Zelanda
Auckland
Wellington
Circolo Polare Antartico
Tropico del

他们都想率先到达火星

以此表现比其他人更优秀

实际上，美国人不喜欢俄罗斯人

俄罗斯人也不爱美国人

中国人则不信任另外两个人

因为美国人问候的时候会说：

“How do you do?”

而俄罗斯人却会说：“ЗДРАВСТВУЙТЕ。”

中国人则说：“你们好！”

所以他们彼此不理解，认为彼此各不相同。

Chiclets
CHEWING GUM
SAVE THIS WRAPPER FOR DISPOSAL OF GUM AFTER USE
FLAVOR
CHEWING GUM
Комму
ЛЕНИН
Орган
Коммунисти
№ 212 (16433)
НИЧЕСТ
НЫ СТРО
ЛИЗМА

由于他们三个人都非常优秀

所以他们几乎同时到达了火星

他们戴着头盔,穿着宇航服

走出各自的飞船……

……他们看到了

非常美丽，又令人不安的景色

地面上勾勒着长长的运河

里面的河水绿如翡翠

旁边是奇怪的蓝色大树

树上是从没见过的小鸟

小鸟羽毛的颜色非常奇异

遥远的地平线处是红色的山脉

散发着奇特的光芒

宇航员们看着这美丽的景色

看看对方

他们互相站得很远

彼此不信任

RMINT
WOOD
УГРО
НЬЮ-ЙОРК, 16.

黑夜降临

周围出奇的安静

地球在天空中闪闪发光

就好像一颗遥远的星星

宇航员们都感到忧伤和迷惘

黑暗中，美国人呼唤着妈妈

他说："Mommy……"

俄罗斯人说："Mama。"

中国人说："妈妈。"

他们马上明白

彼此说的是同样的事情

感受的是同样的情感

所以他们相视而笑，靠近对方

一起点起一堆篝火

每个人都唱着自己家乡的歌谣

这样，他们都得到了勇气

在了解彼此的同时等待着清晨的到来

mommy МАМОЧКА 媽媽

清晨时分：天非常冷
突然
从一个树丛里钻出一个火星人
他的样子真是可怕！他全身是绿色
耳朵的位置上长着两根天线一样的触角
还有一根长鼻子和六条手臂

看到宇航员，火星人说："哇哦哦哦！"

这在火星语里面的意思是：
"我的天啊，这是从哪里来的可怕生物?!"

但是地球人不明白
认为这是战争的嗥叫

grrrr......

他跟他们是如此不同
简直没有办法
去理解他和喜欢他
他们马上取得一致
站在一起对付他

在这个怪物面前
他们彼此间微小的差异已经消失了
即使说着不同的语言
又有什么关系呢?
他们知道自己都是人类

而另外一个却不是。他太丑陋了
地球人认为
丑陋的人也是坏人

所以他们决定
用原子分裂武器杀死他

突然之间，在清晨的寒风中
一只火星小鸟落到了地面上
由于寒冷和害怕，它浑身发抖
很明显
它是从窝里掉下来的

它绝望地“唧唧”叫着，和地球上的小鸟差不多
它非常痛苦
美国人、俄罗斯人和中国人看着它
情不自禁
流下了同情的眼泪

这时发生了一件奇怪的事情

火星人也走到那只小鸟旁边

看着它

长鼻子里冒出两缕烟

地球人突然明白了

火星人是在哭泣

以火星人自己的方式

然后他们看到

火星人弯下腰

用他的六只手臂托起小鸟

试着温暖它

于是

中国人转向他的两个地球朋友：

“你们明白了么?”他说，“我们原本以为这个怪物跟我们不同，然而他也热爱动物，也会感动，他有爱心，当然也有思想！你们认为还需要杀死他么?”

GUARANTEED FRESH

现在这个问题根本不值得一说了

地球人已经学到了一课：
不能仅仅因为两种生物的不同
而让他们彼此成为敌人

所以他们走到火星人身边
伸出了他们的手

火星人有六个手臂，一下子握住了
三个人的手
剩下的手
摆出了问候的姿势

Chiclets
ADAMS
CHEWING GUM
PEPPERMINT
FLAVOR
SPEARMINT
FLAVOR
WING
PEPPERMINT
РАСПРАВА
Энгельса — Ленина!

他用手指着天上的地球
地球人明白他想做一次星际旅行
去了解其他的居民
和他们一起寻找方法
共同建立一个伟大的宇宙共和国
彼此和谐友爱地生活

地球人高兴地表示赞同

为了庆祝，地球人送给火星人
一小瓶从地球带来的清水
火星人非常高兴
把鼻子伸进瓶子里，吸了一口，然后说
他非常喜欢这种饮料
尽管让他有些头晕
但是现在，地球人已经不会感到惊讶了

他们明白了
在地球上，以及其他的星球上
每个人都有自己的品味
只是一个相互理解的问题罢了

CHEWING GUM

矮人星上的矮人

从前——也许现在还是如此
地球上有一个强大的国王
他想要去探索新的土地

“如果我的舰队不能发现满是金银和草场的新大陆，并把我们的文明传播到那里，”他大喊道，“那我还算什么国王？”

他的大臣们说：“陛下，地球上已经没有等待发现的土地了。您请看地图！”

“下面那个小小的小岛呢？”

国王焦急地问。

“如果人们把它画在地图上，那就意味着它已经被发现了，”大臣们强调说，“也许上面已经建造了度假村。况且，如今人们已经不通过海路去发现新的岛屿和陆地了！现在都发射宇宙飞船去探索太空了！”

“那又如何?”国王固执地质问,“你们派一个银河探险家出去,让他至少给我找到一个有人居住的小星球!”

于是，银河探险家

（对朋友们就简称他是探险家）

在无尽的宇宙中长时间地探索

去搜寻能够传播文明的星球

但是他找到的星球要么布满岩石

要么满是灰尘

要么全是火山

朝着天空喷吐着火焰

而美丽、有人类居住的星球

却连影子也没看到

直到有一天

在银河系最被遗忘的一个角落里

探险家通过他巨大的银河望远镜

看到了一个美妙的东西……

一颗美丽的小星球

它蔚蓝的天空中点缀着朵朵白云

那山谷和森林的绿色

让人看一眼就会爱上

再近一些，他看到那些山谷中

跳跃着各种可爱的小动物

还有一些非常矮小的人

他们的样子有些滑稽

但总的来说还是很可爱的

他们在剪枝、割草、给鸟喂食

或在河水、溪流中幸福地游泳

那河水非常清澈

能够看到河底无数多彩的鱼儿

探险家降落下来，走出太空船

矮人们聚拢过来

对着他微笑，

并自我介绍说："您好，异族的先生，我们是矮人星的矮人，矮人星就是我们居住的星球的名字。您是谁？"

"我是，"探险家回答说，"我是地球的伟大国王派来的银河探险家，我是来发现你们的！"

"您瞧，真是巧了，"矮人首领说，"我们相信是我们发现了您！"

“不，”探险家说，“是我发现了你们，因为在地球，我们之前并不知道你们的存在，所以我以我的国王的名义占有这个星球，为了向你们传播我们的文明。”

“说实话，”矮人首领说，“我们也不知道你们的存在。但我们不要为这点小事争吵了，否则要浪费一整天了。您跟我们说说吧，您要传播的文明是什么，多少钱？”

“文明，”探险家回答说，“是整整一系列由地球人创造的美妙东西，我们的国王准备完全免费地赠送给你们。”

“如果是免费的，”矮人们高兴地说，“那我们就要了。但是，请您原谅，先生，我们知道对于礼物不要挑三拣四，但是对于你们的文明，我们想要有一个最基本的概念。您不会怪我们吧？”

探险家嘟囔了几句

因为在学校的时候,老师教导过他

当古代的探险家把文明带到新的土地上时

那些土著居民会毫无反抗地接受

然而,由于对地球文明感到骄傲

他还是从飞船里拿出了巨大的银河望远镜

把它对准我们的星球

说:“你们自己来看看吧。”

“好厉害的机器啊！真了不起的技术啊!”

站在巨大的银河望远镜前

矮人们羡慕地说

他们轮流看着太空中的地球

“可我什么也看不到啊，”第一个矮人说，“我只看到了烟！”

探险家看了看，然后抱歉地说：“我错把望远镜对准了城市。你们知道，工厂的烟囱，卡车、汽车的尾气……确实有烟尘。”

“我明白，”矮人说，“我们这里也是，云多的时候就看不到山顶了……但也许明天放晴了，就能看到您称之为城市的东西了。”

“恐怕不会，”探险家说，“现在连晴天的时候都满是烟尘了。”

“真遗憾，”矮人说。

“中间那黑色的水是什么呢？岸边那棕色的水又是什么呢？”第二个矮人问。

“啊哦，”探险家说，“我一定是对准大海了。你们知道，油轮沉没在大海中央，石油在海面上扩散开来，海岸边，人们有时候不注意废物，它们也进入了大海……怎么说呢……就是人们丢弃的不好的东西……”

“也许您是想说，你们的大海里充满了粪便？”

第二个矮人问。其他的矮人都笑了起来，

因为在矮人星上，

当矮人说“粪便”的时候就会引发大笑。

探险家沉默不语，第二个矮人低声说：

“真遗憾……”

“那灰色的一大片东西是什么？上面没有树，只有白色的东西，还有很多空罐子？”

第三个矮人问道。

探险家看了一眼说：

“那是我们的乡村。是的，我承认我们的砍伐有些过度了，而且人们有乱扔塑料袋子、饼干盒子和果酱罐的坏习惯……”

“真遗憾，”第三个矮人说。

PROTI
CARBO
LIPIDI
BISCOTTI FR

“马路上那些一个挨着一个的大铁盒子是什么?”

第四个矮人问。

“那是汽车。这是我们最先进的发明之一。它们用来把人从一个地方快速移动到另一个地方。”

“那为什么它们都停止不动?”矮人问。

“呃,”探险家尴尬地回答,“要知道,现在汽车太多了,所以经常会发生交通堵塞……”

“路边那些受伤的人又是谁?”矮人接着问。

“他们受伤,是因为当没有交通堵塞的时候,他们开车太快了。要知道,有时候会发生交通事故……”

“我明白了,”矮人说,“你们的这些盒子太多的时候,就停止不前,而往前走的时候,里面的人就会受到伤害。遗憾,真遗憾……”

BREVETTO
SIGILLO
DI
SICUREZZA

这时，矮人首领打断说：

“不好意思，探险家先生，”他说，“我不知道是不是还有必要继续看下去。也许你们的文明里确实有非常有意思的东西，但如果你们把它带来的话，我们就会失去我们的草原，我们的树木，我们的河流，我们会生活得不如以前。您可以装作没有发现我们吗？”

“可是我们有很多美好的东西啊！”探险家生气地说，“比如说，你们有多少医院？我们可是有很多漂亮的医院啊！”

“医院是用来干什么的？”

矮人首领在望远镜里看了之后问道。

“看得出来，你们真是像原始人一样！它们是用来治疗病人的！”

“为什么会生病呢？”矮人首领问道。

探险家不耐烦了：

“哦，总之就是，您看到下面那位先生了吗？他吸了太多的香烟，现在我们要给他做肺部移植手术，因为他的肺已经全黑了。而另外一位呢？他用了我们称之为毒品的东西，在医院里，医生们努力治疗他在使用不卫生的注射器时所得的感染。而另外一个，医生正在给他安装塑料做的假腿，因为他被摩托车撞了。另一个人在洗胃，因为他吃了受污染的食物。这就是医院的用途！你们不觉得这是很好的发明创造么？”

“作为一个发明，”矮人首领说，“我没有疑问。但是由于我们不吸烟，不用毒品，也不用毒品的注射器，我们也不骑摩托车乱跑，而且吃的是我们自己菜园里和树木上生长的干净新鲜的食物，只要在山丘上散散步身体就能康复了。探险家先生，我突然有了一个好主意。为什么我们不去地球发现你们呢？”

A2
B3
A3
50
B3

B3
A3
40
50
B3

A2
B3
A3
50
B3

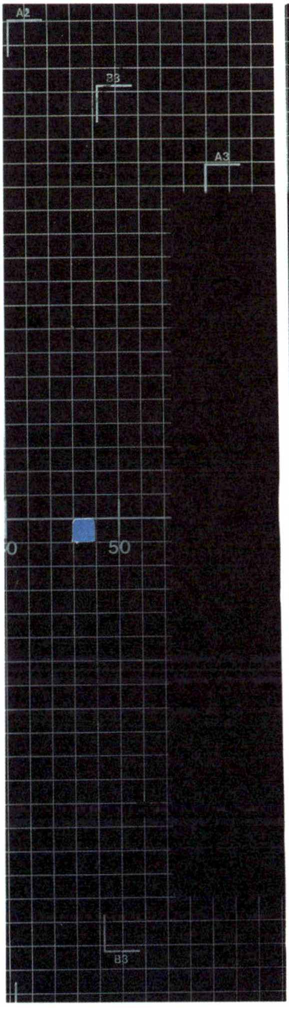

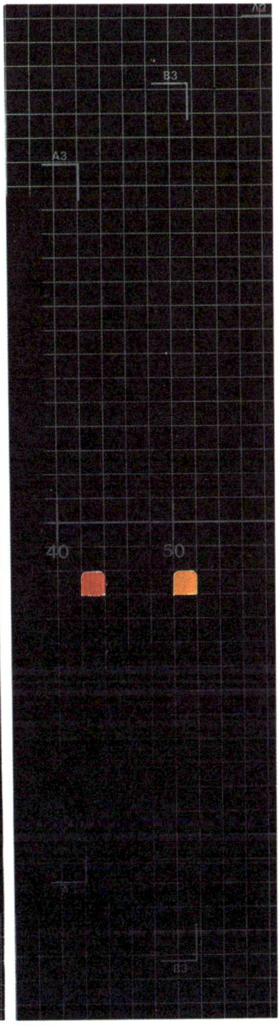

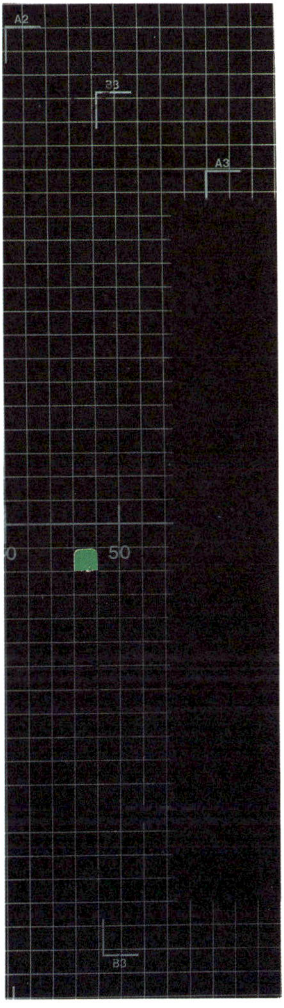

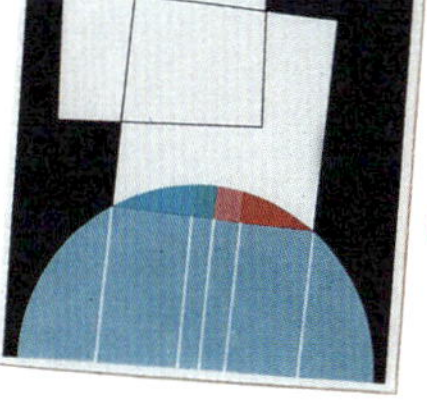

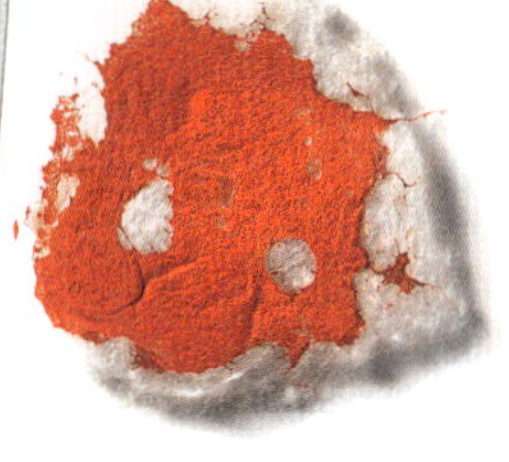

“然后呢?”探险家问道,他已经从心底感到羞愧了。

“然后,我们非常会管理草地和花园,非常会种植树木和照顾那些走路不稳的老人,我们会回收所有的塑料还有那些罐子,让你们的山谷井然有序。我们会给你们的烟囱装上绿叶过滤,向地球上的人们解释不开汽车去散步是多么美好,等等,等等。也许几年之后你们的地球就会像矮人星一样美丽了。”

探险家好像已经看到了矮人们劳动时候的样子,心里想象着他的(我们的)地球——以后——会变得多么美丽。

“好吧，”他说，“我回去跟国王谈这件事情。”

他返回了地球，

向国王和他的大臣们讲述了他的故事，

但是宰相大人却提出了很多要求：

“让那些矮人星的矮人们来这里必须三思。他们必须得有护照，并且付移民税，印花税，而且还需要城市警察、森林护林员还有港务局的许可……”

宰相正说着,突然踩到了

另外一位大臣吐在地上的口香糖

他摔倒了

摔坏了大腿、嘴唇、下巴

两个鼻孔、肩膀、头

手指插到了耳朵里

再也拔不出来了

一片混乱中

宰相被丢在了人行道上

在一大堆垃圾中间

这些垃圾都不知道被丢弃在那里多长时间了

他在那里蒙上一身烟尘,品尝着

汽车尾气的味道

LEMON

我们的故事到这里就结束了

我们很遗憾

因为不能说

从此所有的人都能幸福快乐地生活

谁知道他们到底会不会让矮人星的矮人来我们这里呢

但是,即使他们不来

为什么我们不能去做

那些矮人星的矮人想要去做的事情呢?

图书在版编目(CIP)数据

矮人星上的矮人/(意)翁贝托·埃科(Umberto Eco)著;
(意)欧金尼奥·卡尔米(Eugenio Carmi)绘;王建全译.
—上海:上海译文出版社,2020.4(2020.8重印)
(翁贝托·埃科作品系列)
ISBN 978-7-5327-8403-5

Ⅰ.①矮… Ⅱ.①翁… ②欧… ③王… Ⅲ.①短篇小说—小说集—意大利—现代 Ⅳ.①I546.45

中国版本图书馆CIP数据核字(2020)第042389号

Umberto eco
Tre racconti

图字:09-2011-538号

矮人星上的矮人 Tre Racconti	Umberto Eco/Eugenio Carmi 翁贝托·埃科 著 欧金尼奥·卡尔米 绘 王建全 译	出版统筹 赵武平 责任编辑 李月敏 装帧设计 尚燕平

上海译文出版社有限公司出版、发行
网址:www.yiwen.com.cn
200001 上海福建中路193号
上海文艺大一印刷有限公司印刷

开本890×1240 1/32 印张3.5 插页5 字数6,000
2020年5月第1版 2020年8月第2次印刷

ISBN 978-7-5327-8403-5/I·5155
定价:48.00元